UN JOUR

DE

MASSACRE.

VERSAILLES, IMP. DE MONTALANT-BOUGLEUX.

UN JOUR

DE

MASSACRE.

Par un Témoin oculaire.

PARIS,

LIBRAIRIE POLONAISE,

RUE DES MARAIS SAINT-GERMAIN, 17 BIS.

1838.

A Monsieur

Louis Miéroslawski.

L'Auteur.

29 Novembre 1837.

UN JOUR DE MASSACRE.

4 Novembre 1794.

C'ÉTAIT vers le déclin d'un combat meurtrier,
Sous les bois de Grochow , le vingt-cinq février,
Un mois depuis le jour où le peuple en séance
Par acclamation vota la déchéance ;
Le jour même où fumante et pareille au volcan ,
Varsovie a flétri les lauriers du Balkhan.
Le sol était jonché de victimes sans nombre ,
Et le bronze ennemi se retirait dans l'ombre.

Je tenais dans mes bras le front de Casimir ;

Au moment d'expirer il semblait s'endormir,

Tant la mort, en frappant, avait laissé de charmes

Sur les traits obscurcis de mon vieux frère d'armes,

Comme un simple soldat il servait le canon,

Mais moi seul ai connu son histoire et son nom.

Il souriait encore, une vague pensée

Colorait doucement sa figure glacée.

Pour la dernière fois ses yeux devaient s'ouvrir,

« C'est ici, me dit-il, que je devais mourir :

En ces lieux je reçus le baptême de flamme,

C'est ici qu'au Seigneur je veux rendre mon ame.

Tourne encor mes regards, ami, vers l'occident,

Qu'ils embrassent la plaine et le soleil ardent

Comme un globe de feu tombant sur Varsovie,

Que la mort vienne après ; que m'importe la vie !

Mais je veux te conter quel festin odieux

Souvarow ici même apprêtait à ses dieux.

« Maudits soient à jamais ces despotes sauvages

Qui du sang des martyrs inondent nos rivages !

Que ce récit parvienne avec tout son effroi
Aux générations qui vont naître après toi !
Que l'ame des aïeux en passant dans leurs ames
D'une haine éternelle alimente les flammes !
Que le monde s'écrie en voyant tes remparts,
O Praga : « C'est ainsi que pardonnent les Tzars ! »

« Sept lustres ont passé depuis qu'en ces murailles
Un barbare a semé d'atroces funérailles ;
Aux champs de Macieiow, par Fersen envahis,
Kosciusko succombait en pleurant son pays.
La Pologne touchait à sa dernière crise,
L'ordre était à Vilna, Cracovie était prise ;
Les vaiı queurs d'Otshakow [1], comme un souffle du nord,
Apportaient sous Praga l'incendie et la mort ;
Jasinski, Z............ [2], une brave poignée,
Par la faux des combats si long-temps épargnée,
S'apprêtaient à combattre, uniques défenseurs
De ses murs élevés par la main de nos sœurs ;
Car l'amour du pays, si facile à nos femmes,
Comme un feu de Vesta repose dans leuıs ames.

Jasinski ! jeune ami ! de quel trouble sacré

A ton nom glorieux je me sens pénétré !

Ta vaillance eût sauvé la Pologne asservie

Si le fer du massacre eût épargné ta vie !

Déjà dans vingt combats ton front se couronna

Des palmes de Sioly, Niemenczyn et Vilna [3] ;

Mais Praga te réserve une palme plus sainte,

Et comme un Colysée il t'ouvre son enceinte,

Pour sceller de ton sang le saint pacte et l'hymen

D'Hedvige à Ladislas, du Vandale au Niémen.

Déjà de Swentorog [4] la jeunesse endurcie,

Spartiates venus de la Samogitie,

S'enfermant dans nos murs qu'ils venaient secourir,

Avaient fait le serment de vaincre ou de mourir,

Et cette fois encor, quand Vilna capitule,

Le sang de Jagellon coula dans la Vistule.

Sur ces murs écroulés tu tombas à mes yeux,

Et déjà, tendre ami, tu m'attends dans les cieux...

Pardonne, ô mon vieux chef, si j'ai dû te survivre ;

Le soleil va déchoir, bientôt je vais le suivre

Pour te dire aujourd'hui que j'ai vu des enfants

Venger ta mort sanglante et mourir triomphants !

« Tiens, ouvre cet écrit que j'ai pris au passage :

« Catherine à Repnin » : vois combien ce message

Renferme de blasphème et de mots insultants ;

Je le garde sur moi depuis trente-sept ans.

Prends-le, me disait-il en découvrant sa veste ;

Hélas! de tous mes biens c'est le seul qui me reste : »

Je saisis vivement cet écrit précieux

Et je lus ce qui suit, des larmes dans les yeux :

« Lasse des Polonais, par ma haute sentence

« Je viens poser un terme à leur trouble existence ;

« Il faut frapper un coup, et mettre de côté

« Ces deux illusions : clémence, humanité.

« Que le fer moissonneur, dans sa prompte récolte,

» Leur ôte pour jamais tout moyen de révolte.

« Il est temps vers le sud de porter nos efforts,

« On ne peut y marcher qu'en passant sur leurs corps ;

« Vous-même le savez : qu'on n'épargne personne,

« Le sexe ni le rang ; je le veux, je l'ordonne.

« Signé par la Tzarine. » — « Oh! cet ordre infernal,

« Il l'a trop bien rempli ce Kalmouk machinal !.... ⁵

« Mais la faim, monstre affreux planant dans les ténèbres,

Entourait la cité de ses ailes funèbres;

Guillaume le perfide, aux bords de l'horizon,

Mayerchien[6], l'entouraient d'une vaste prison.

Toujours fiers cependant, les fils de Varsovie

Chèrement aux vainqueurs voulaient vendre leur vie;

Et sans cesse animés de l'espoir le plus beau,

Sous les murs de Praga leur creusaient un tombeau.

O destin! fallait-il qu'un roi, vil sybarite,

Étalant à nos yeux sa douleur hypocrite

Et pour sauver son règne appuyant leurs desseins,

Nous dévouât d'avance au joug des assassins!

Ce parjure, en souillant la terre polonaise,

Parmi ses défenseurs était mal à son aise;

Aux ordres de Moscou toujours lâche et soumis,

Ne pouvait respirer qu'entouré d'ennemis!

Le jeune Jasinski, prévoyant cet orage,

De nos rangs éclaircis soutenait le courage.

La patrie et l'amour, deux anges immortels,

Dans son cœur héroïque avaient eu leurs autels;

Blonde enfant du Niémen, la jeune Léonore

Dédaignant de survivre à celui qu'elle adore,

Désirait sur son front unir au même jour

Le laurier des combats aux roses de l'amour.

Symbole familier de sa belle patrie ,

Elle était dans Praga : le temple de Marie

Pour elle avait ouvert ces réduits protecteurs ,

Qui devaient s'écrouler au canon des vainqueurs.

Un espoir reste encor, conduisant nos cohortes,

Dombrowski triomphant va paraître à nos portes ;

Les Russes, tremblant d'être assiégés à leur tour,

Par l'assaut général préviennent son retour.

« C'était le trois novembre, et le froid de l'automne

Répandait en tous lieux sa pâleur monotone;

Un brouillard épaissi, qu'on touchait de la main,

De l'armée à nos yeux protégeait le chemin.

La nuit à sa moitié, favorable au mystère,

Aux regards de Dieu même aurait caché la terre.

Cinquante bataillons, des escadrons épars,

S'avancèrent sans bruit jusqu'aux pieds des remparts

En courant à l'assaut ». Les premiers des esclaves

Succombant immolés sous les coups de nos braves,

Roulent dans les fossés avec des cris affreux ,

Et la fange en sifflant se referme sur eux.

La foule à cet aspect s'épouvante et recule ,

Ceux qu'épargne le fer tombent dans la Vistule.

Il se fit sur la plaine un silence de mort ,

Souvarow , de fureur se déchire et se mord ;

Il donne le signal : trois vastes batteries

Ouvrent avec fracas leurs gueules de furie,

Et d'un livide éclair déchirant les brouillards ,

Sous des flots de mitraille arrêtent les fuyards [a].

Et comme un ouragan de ses ailes ferventes

Transporte à Sahara des montagnes mouvantes ;

Tels les fils de Khazan , que la peur subjugua,

Sur des monceaux de morts , pénètrent dans Praga.

Nos soldats entourés, en premier holocauste

Et semant le trépas succombent à leur poste.

Le torrent des Moskals s'élance dans le fort ;

A ce cri répété « Catherine ou la mort ! »

L'incendie allumé dans la tour octogone,

Dresse sur la cité sa tête de Gorgone.

Quelle bouche , ô mon fils , saurait te révéler

Ces tableaux de l'enfer qu'il venait dévoiler !

Le canon se taisait ; seulement le massacre
Bouillonne sourdement dans ces murs qu'il consacre ;
Esclaves sans espoir, le Baskir, le Mogol,
Ivres de sang humain et gorgés d'alcool,
Vingt peuplades sans nom que l'Asie a vomies,
Voudraient anéantir sous leurs mains ennemies,
Ce qui reste aux mortels d'honneur, de liberté,
Pour enchaîner le monde à leur captivité.
Qui pourrait distinguer les victimes sans nombre
Qui tombent sous le glaive et gémissent dans l'ombre?
Enfantés par la nuit, des popes chevelus,
De leurs dieux couronnés ministres dissolus,
Par d'atroces clameurs excitent au carnage;
Et le pied dans le sang qui déborde et surnage,
Sur les vases sacrés de nos temples fumants
Invoquent le Seigneur par d'horribles serments.
L'abime a répondu! L'aquilon en démence
Sur les murs écroulés lève sa voix immense ;
De signes menaçants tout le ciel s'est couvert,
Et Praga tout en feu semble un gouffre entr'ouvert !
Grand Dieu! retiens encor ta colère qui gronde
Et ton bras qui s'apprête à foudroyer le monde.

C'est pour de tels forfaits des peuples et des rois
Que jadis le Sauveur expirait sur la croix !
Aux pieds de tes autels les vierges prosternées
Ces roses de Marie à mourir condamnées,
Implorent ton courroux par des hymnes touchants,
Et le bruit des combats se mélange à leurs chants !
L'incendie excité, cette hydre aux mille têtes,
Livre sa chevelure au souffle des tempêtes,
Dans sa gueule de flamme engloutit des maisons,
Et jusqu'aux pieds du roi fait voler des tisons.
Il enfonce en broyant dans ses fortes entrailles
Les porches des palais et des pans de murailles.
Elles tombent alors dans le fleuve écumant,
Et comme un fer rougi s'éteignent en fumant.
Ainsi le Simois sur la plaine de Troie,
Quand le fils de Priam lui jetait une proie,
Roulait des boucliers, des casques, des drapeaux,
Et ses flots débordés entraînaient les troupeaux.

« Les vieillards, les enfants avec des cris sauvages,
Délirants, épeidus, parcourent les rivages :

Mais le pont de bateaux à demi consumé

Se déroule et se tord comme un monstre enflammé ».

Tout secours serait vain, sans espoir et sans trêve ,

Le fer de ces bourreaux les frappe sur la grève,

Tandis qu'à l'autre bord, leurs amis, leurs parents ,

Entendent leurs sanglots et leurs cris déchirants ,

Que le fleuve à leurs pieds divisé comme un gouffre

Leur présente son lit de bitume et de soufre!

Quelquefois ils voyaient des fantômes hagards

A demi consumés, l'enfer dans les regards,

Arrachant leurs cheveux que l'incendie enflamme;

Ou pareils aux damnés que l'abîme réclame,

Pour éteindre l'ardeur qui tourmente leurs os,

Accourant vers le fleuve et plongeant dans ses eaux.

« Quel est ce bastion que la flamme environne

Comme un tigre aux abois, d'une ardente couronne?

C'est le fort de Marie et son temple divin;

Potemkin, Islenieff, l'assiègent, mais en vain,

Car le fils du Niémen et sa cohorte sainte,

Comme un mur redoutable en protègent l'enceinte.

C'est en vain que Derfeld redouble ses efforts,

Il ne les soumettra qu'en marchant sur leurs corps.

Jasinski furieux saisissant une lance,

Au plus fort des Moskals la dirige et s'élance.

Zuboff, Karr, Baturlin, s'abattent sous le fer,

Et leur ame en courroux s'échappe vers l'enfer.

L'ennemi reconnaît le héros qu'il redoute ;

Une digue de faux hérisse la redoute.

Le ciel même en éclats dût se précipiter,

Les faucheurs polonais pourraient seuls l'arrêter [10].

Mais d'une tour voisine, ô douleur qui me navre !

Un coup part ; Jasinski pâle comme un cadavre,

Frappé du plomb mortel, succombe aux mêmes lieux

Où jadis réunis, ses rustiques aïeux

Nommaient leur souverain, et sous des toits de chaume,

Reprenaient tour-à-tour et donnaient le royaume [11].

A sa voix bien connue, en poussant un long cri,

Léonore s'élance au cou de son mari :

Etanche sa blessure ; et jamais son écorce

Ne s'attache au melèze avec autant de force,

Que ses bras enlacés n'étreignaient le héros.

« Fuis ces lieux profanés par la main des bourreaux,

« Frère , me criait-il, pars, je te la confie ,

« Tu n'as frappé que moi , Dieu, je te glorifie !

« Nous nous verrons ailleurs, cruels et doux instants,

« Léona , pense au ciel, c'est là que je t'attends.

« Adieu, lui disait-il, d'une voix sourde et creuse,

« Tu ne peux me sauver, jeune enfant, sois heureuse ! »

« Non , je reste à tes pieds, dit-elle avec effroi,

« Tu ne mourras pas seul, je suis digne de toi,

« C'est encore un bonheur, une gloire suprême

« Que de pouvoir tomber avec tout ce qu'on aime;

« Vois ce vaste incendie, était-ce le flambeau ,

« Le flambeau de l'hymen ou celui du tombeau ?

« Et ce sang répandu par un monstre farouche ,

« Les roses qui devaient parsemer notre couche ?

« Dans tes bras, sur ton sein je mourrai sans effort ;

« La patrie est aux fers, je ne crains pas la mort !

« Regarde, mon époux, si je suis polonaise. »

A ces mots elle court à l'ardente fournaise,

Sur la brèche du fort, d'un bras mal affermi ,

Elle porte une atteinte au Moskal ennemi

Qui déjà s'apprêtait à ravir son épée ,

De vingt morts à la fois elle tombe frappée.

Korsak et Grabowski, les quarante soldats

Avaient tous succombé comme Léonidas.

Dans le temple sacré les vierges innocentes

Embrassent les autels de leurs mains frémissantes;

Un prêtre aux cheveux blancs, officie à genoux,

Et tombe le premier victime de leurs coups.

Et ces filles du ciel sous leurs mains profanées,

Des palmes du martyr sont bientôt couronnées.

Mais qui p'ut retracer les tableaux pleins d'horreur

Qu'au nom de Catherine achevait leur fureur?

Sur le sein des parents, ces vierges étouffées,

Ces membres palpitants découpés en trophées

Sous les yeux maternels, les plus jeunes enfants

Emportés sur les dards des drapeaux triomphants ".

. . . .

« Il me poursuit encor cet horrible fantôme;

Détournons nos esprits de cette autre Sodome

Qui tarissant nos pleurs, changerait en rocher

Celui qui de ses yeux l'oserait approcher.

A ces tableaux affreux que je viens de te peindre,

Je sens déjà ma voix défaillir et s'éteindre

Et j'ai besoin encor de force et de vertu ,

Pour nous voir succomber ou le Tzar abattu.

Pologne, ô mon pays ! telle était la sentence

Qui devait terminer dix siècles d'existence ,

Dix siècles d'héroïsme et d'hospitalité,

De combats pour le Christ et pour la Liberté !....

Alors tu n'étais plus ! mais voisine du pôle,

A ton front, Catherine, attacha l'auréole ;

Qui malgré les tyrans et tes convulsions

Te rend sainte à jamais aux yeux des nations.

Ah ! quand la Messaline apprendra ton désastre ,

Elle tordra ses mains et maudira son astre,

De n'avoir pu donner du haut de son palais

Le signal du massacre , admiré tes reflets :

Comme en ces nuits d'amour, où la Tzarine auguste

Couronnait Stanislas, et, nouvelle Locuste,

Désignant tour à tour Slshew, Orloff et Repnin ,

Dans le philtre amoureux infusait le venin ;

Puis, souriait encor à l'amant qui retombe,

De ses bras enchantés dans le sein de la tombe

Pour sentir à la fois, étreignant ses appas,

Les flammes de l'amour et l'horreur du trépas

Mais sa prompte vieillesse à ses désirs rebelle
Défendait les transports de Katinka la belle ;
Les parfums odieux de brûlure et de chair
D'un miasme importun la poursuivaient dans l'air ;
Tous les jours le remords lui présentait en rêve
Des corps sans sépulture étendus sur la grève ;
Des vierges sous le fer les sanglots étouffants,
Et le glaive plongé dans le cœur des enfants.
L'aurore boréale était comme la flamme,
De l'abîme entr'ouvert qui déjà la réclame ;
C'étaient tous les forfaits que sa main prodigua
Et son cœur se noya dans le sang de Praga [3] !

« Mais le roi, que fait-il ? étendu sur sa couche,
Assisté d'un flatteur au regard faux et louche,
Le sourire toujours imprimé sur ses traits ;
Ce roi, de l'incendie observe les progrès ;
Il écoute le bruit ; d'une main convulsive
Il froisse par instants une infâme missive ;
Comme un chiffre d'amour où sa main enlaça
Les noms de Stanislas et de Targowiça [4].

Il porte quelquefois la main à sa paupière,

Ne pouvant, le perfide, affronter la lumière

Qui, levant sur les cieux son immense fanal,

D'avance le rougit d'un reflet infernal.

On distingue dans l'ombre une atroce figure,

Les traits pleins d'ironie et de mauvais augure.

Et le roi dévoré d'un courroux clandestin

Dans les yeux du Kalmouck veut lire son destin.

Sur ce front basané par degrés se déploie

Au canon qui s'approche une sinistre joie.

Le prince gravement, feignant la dignité,

Des amis de Moscou demande la santé;

Mais au verbe rapide expirant sur sa lèvre,

A ses doigts sans vigueur agités par la fièvre,

On peut voir que l'orage éclatant au dehors

Peut à peine égaler ses internes transports.

O roi faible et cruel ! n'as-tu pas une larme

Pour ce peuple égorgé dont le râle t'alarme ?

Trois générations périssent sous tes pas

Dans un vaste massacre, et tu ne gémis pas ?

Pour la dernière fois des larmes de tendresse

Coulèrent à Kaniow au sein de la maîtresse [15];

Et dans tous ces tableaux d'épouvante et d'effroi,

Égoïste sans cœur, tu ne pleures que toi !

Tu demandes au ciel, quand la mort t'environne ,

Ce qu'il faut de terrain pour y placer un trône [16].

Dans l'église, échappé de ce Capharnaüm.

Dès demain tu courras chanter un *Te Deum* ,

Et puis à Paul Premier , à ton dieu tutélaire ,

La couronne à la main demander ton salaire !

Jure-lui ton amour les deux mains sur la croix ,

Roi de par Catherine , et dernier de nos rois !

« Le dernier ! Oh ! depuis que l'a portée un lâche ,

A la pourpre d'un roi tant de honte s'attache

Qu'après nos errements , plus sages désormais ,

Revenus de l'exil nous n'en voudrons jamais !

Oh ! si voulant sauver la dernière espérance

Nous l'avions repoussé comme a fait notre France ;

O toi ! des nations plaintive Niobé !

Si d'Auguste à tes pieds le sceptre était tombé ,

Tu serais libre encor, et ta gloire obscurcie

Trouverait le chemin jusqu'aux Tzars de Russie,

Nous aurions évité depuis Targowiça

Le spectacle honteux qu'offrit Radoshiça [17].

Mais toujours du vieux Piast le peuple débonnaire

Sur lui seul du Caucase attirait le tonnerre ;

Et toujours aux combats avide de courir,

Contre la trahison ne savait que mourir !

« Le passé fut affreux, car telle fut la mère :

Le fils est-il meilleur ? Nicolas, ô chimère !

Oui, je crois voir déjà ce morose empereur

Des scènes de Praga répéter la fureur [18].

Infamie et malheur à tout peuple en démence

Qui, pouvant le braver, espère en sa clémence !

« Peut-être du massacre un Sauveur échappé

Sous l'Hérode nouveau dans sa rage trompé,

De l'exil jusqu'au fond ayant bu le calice,

De vingt mille des siens vengera le supplice !

Je ne le verrai plus, et je sens que mes yeux

Se ferment pour jamais à la clarté des cieux !

« C'est ainsi que pour-vaincre ou mourir soulevée ,

Praga vient de mourir. » — « La Pologne est sauvée [19] !

S'écriait un chasseur accouru dans nos bras ;

« La Russie a perdu vingt-cinq mille soldats !

« Victoire ! » le canon a répété « victoire ! »

La journée est à nous, jour de sang et de gloire !

Casimir à ce cri revenant du sommeil ,

De sa large blessure arrache l'appareil ;

Les fanons des lanciers rayonnent sur la plaine,

« Maintenant, me dit-il, je puis mourir sans peine. »

Les drapeaux triomphants s'inclinent sur le mort.

Oh ! ne l'éveillez pas ! priez les cieux !.... Il dort ».

NOTES.

———◦◦◦———

¹ Les vainqueurs d'Otschakoff, comme un souffle du nord.

Plusieurs évènements pareils à celui de Praga attestent que les succès obtenus par les Russes à cette époque étaient dus plutôt à l'épouvante qui les précédait qu'à la force de leurs armes. « Pendant que Potemkin assiégeait Ismailoff, il détacha un corps d'armée qui enleva la forteresse de Kilia et fit six mille Turcs prisonniers. Sans prendre la peine de les désarmer, il leur donna le choix, ou de retourner chez eux, ou de se renfermer dans Ismailoff pour augmenter le nombre de ses adversaires. Deux mille d'entre eux optèrent pour ce dernier parti. L'armée russe ouvre le passage : ils entrent dans la forteresse, déjà dénuée de vivres. Une semaine après l'assaut se livre ; Ismailoff est emporté ; les deux mille Turcs sont passés au fil de l'épée ! On voit comme la clémence russe ne dédaigne pas de s'aider de la cruauté. La cruauté alors est une suite de ce calcul que l'on devrait appeler leur politique militaire. Ils espèrent la faire passer pour une puissance irrésistible, supérieure à tous les obstacles ; mais ce qui est plus affreux, quand ce serait de la politique, c'est qu'ils sont dévastateurs par principe, toujours fidèles à cette pensée que l'effroi inspiré par les atrocités avance l'accomplissement de leurs desseins. … » (*Mémoires de Sulkowski.*)

² Jasinski, Z….., une brave poignée, etc.

Nous avons hésité à mettre le nom du général Zaionczek à côté de celui de Jasinski, et ceux qui ont connu la conduite de ce général, plus tard lieutenant du royaume, et ses lâches condescendances pour le grand duc Constantin, nous sauront gré de cette réticence.

Comment en un plomb vil l'or pur s'est-il changé ?

Vers qui s'applique aussi bien à Zaionczek qu'à tous les Joas politiques et militaires.

³ Des palmes de Sioly, Niemenczyn et Vilna.

Après l'insurrection de Cracovie le 24 mars, et celle de Varsovie le 17 avril 1794, Vilna fit la sienne le 23 du même mois.

Deux compagnies, dont l'une était à peine formée, secondées par quelques habitants, suffirent pour désarmer une garnison de trois mille hommes et pour faire quinze cents prisonniers, le général Arseniew à la tête ; et tout cela grâce aux sages dispositions du jeune colonel Jacques Jasinski, excellent ingénieur et républicain intrepide. Après ce coup de main, unique dans l'histoire, Jasinski livra trois batailles consécutives en rase campagne, celle de Niemenczyn contre Lewis, celle de Polany contre Deïoff, et celle de Sioly contre Nicolas Zouboff. Apres le rappel de Jasinski auprès du généralissime Kosciuszko, le commandement de la Lithuanie fut déféré au général Wielhorski, et le 12 août Vilna dut se rendre aux Russes après des efforts inouïs.

4 Déjà de Swentorog la jeunesse endurcie.

Le feu éternel, se retrouvant dans toutes les Mythologies, avait son autel dans le temple de Perun, le Jupiter slavon, à l'endroit même où s'élève maintenant l'église de Saint Stanislas. Le clocher de cette église est encore de construction païenne. Le sommet a été plus tard érigé par des prisonniers musulmans, comme son style mauresque semble nous l'attester. Trois cultes différents y ont ainsi laissé leurs empreintes successives. Les Russes viennent néanmoins d'y en ajouter un quatrième, celui de l'empereur Nicolas.

Lorsque le roi Jagellon, pieux époux d'Hedvige, éteignit sous les ondes sacrées du baptême le feu éternel brûlant aux pieds de Perkunas, les seigneurs lithuaniens virent que leur dieu n'avait pas froncé le sourcil, que le sacrilège n'avait même pas été foudroyé, et ils se convertirent aussitôt avec tous leurs esclaves.

Le grand prêtre consacrait jadis sur ce feu divin les armes des guerriers se préparant aux combats, pour les rendre invincibles.

Maintenant on donne aux militaires des rations de campagne et des journées de solde supplémentaires.

Swentorog voulait dire la corne sacrée avec laquelle on appelait ces idolâtres à leurs sanglants sacrifices.

5 Il l'a trop bien rempli, ce Kalmouck machinal.

Voici textuellement la lettre en question. Nous sommes loin de l'avoir exagérée ; nous craignons plutôt d'avoir affaibli l'expression d'un sentiment de cruauté si naïvement exprimé par Catherine à Repnin, un confident pour lequel son cœur depuis long-temps n'avait plus de mystères.

« Fatiguée des troubles continuels excités par les têtes chaudes des
» Polonais, je veux une fois pour toutes les mettre à la raison. C'est
» pourquoi je vous recommande que les armées se trouvant en Po-
» logne sous vos ordres agissent, *abstraction faite de toutes les illusions
» d'humanité*, avec l'énergie nécessaire pour leur ôter à l'avenir tout
» moyen et tout espoir de révolte. Il ne faut donc faire grâce à aucun
» des habitants de cette contrée, quand même ils allégueraient une
» vie calme et retirée pour excuse ; à l'exception toutefois de ceux
» qui seraient saisis les armes à la main, et qui, ayant donné quel

« que preuve de valeur, seraient incorporés dans mes armées,
« pour servir à la guerre que nous devons, comme vous le savez,
« après la pacification de la Pologne, transporter vers le sud, etc. . »
Voici ce que dit à ce sujet l'historien de Jean Sobieski, aujourd'hui
ministre de l'instruction publique « La fin du dernier siècle a vu
tomber une tête couronnée, elle a vu tomber aussi une grande nation,
mais les nations ne meurent point, » malgré les arrêts de mort fulmi
nés par la Tzarine insensée.

⁶ Guillaume le perfide aux bords de l'horizon,
Mayerchien, l'entouraient d'une vaste prison.

Guillaume fut forcé de lever le blocus de Varsovie à cause de l'insur
rection dans la Grande Pologne, dirigée par Dombrowski. A l'époque
du siege de Praga, les colonnes prussiennes s'étendaient le long de
la Bzura, et le Wieprz devint la ligne d'opération de Mayerchien,
general autrichien.

⁷ En courant à l'assaut, etc.

Cette relation, que je tiens de la bouche de mon vieil ami, a été
confirmée par un manuscrit précieux sur le massacre de Praga, re-
trouvé parmi les papiers de Kosciuszko, et que M. le colonel de Zelt-
ner, son aide-de camp, a eu l'obligeance de mettre à ma disposition
Nous en donnerons quelques extraits dans le cours de ces Notes
« Souwarow, impatient du combat, avait désigné la matinée du
4 novembre pour l'exécution de son dessein. Afin de donner le change
aux assiégés, dès le premier jour de son approche il avait fait élever
des batteries énormes, l'une de 22 canons à l'aile gauche, l'autre de
60 en tête, et la troisième de 48 à la droite. Il voulait, par ce moyen,
entretenir les Polonais dans la fausse idée qu'il préparait un siege ré-
gulier. Cet ouvrage terminé, il fit les dispositions suivantes·
« Dans la nuit du 3 au 4, ce sont les paroles de Souwarow lui-
même, l'armée sera partagée en sept colonnes; le centre, composé de
quatre colonnes sous les ordres du prince Potemkin, et conduit par
les généraux Islenieff et Buxhowden, attaquera de front les remparts ;
l'aile gauche, conduite par les généraux Tormansow, Denissow et
Bachmanow, commandés par le baron Fersen, le vainqueur de Ma-
ciciowice, occupera la rive droite de la Vistule; et l'aile droite, sous
les ordres du lieutenant-général Derfelden et des généraux Lascy et
Rostowski en sous ordre, s'efforcera de tourner simultanément l'aile
gauche des retranchements polonais et de s'emparer du pont. Le général major Szewicz, avec les brigadiers Polwanow, Baranowski,
Stahl et Zouboff, conduira la cavalerie russe. » Cet ordre de bataille
démontrant l'habileté de Souwarow, devenait important sur tout à
cause des quarante mille hommes dont il pouvait disposer.

⁸ Sous des flots de mitraille arrêtent les fuyards.

Les moyens barbares mis en œuvre par la Russie pour stimuler l'ar deur de ses soldats et pour remporter des victoires quand même, lui donnent une superiorité incontestable sur les nations policées. Lors de la suspension d'armes qui suivit la bataille de Grochow pour l'inhumation des morts, l'auteur a eu l'occasion de voir une foule de cadavres russes, tournés vers le camp de Diebitsh, et frappés en fuyant par les projectiles de ses batteries.

9 **Se déroule et se tord comme un monstre enflammé.**

«Zakrzewski, dont le cœur saignait encore après la perte récente de Kosciuszko, avec lequel il vit tomber, dit encore ce manuscrit, les dernières espérances de la patrie, avait réuni une partie des citoyens de Varsovie, et, de concert avec l'intrépide Madalinski, s'était jeté sur le pont afin de secourir les infortunés défenseurs de Praga. Mais des batteries formidables dressées sur l'autre rive, et les forces prépondérantes des ennemis, arrêtèrent ce généreux élan. Alors les habitants échappés à l'incendie et au carnage, dispersés sur la rive de la Vistule, cherchaient le salut dans la fuite; mais le fleuve, large de cinq cents pas, leur fermait le passage, et les Varsoviens, contemplant de l'autre rive cette scène horrible, leur tendaient des mains impuissantes. Quand le soldat, enivré de triomphe, eut aperçu ces groupes désespérés, épars sur le rivage, il se jeta dessus avec furie. Les uns tombaient sous le fer implacable, les autres se précipitaient dans le fleuve, et la Vistule présentait alors l'aspect d'un torrent débordé, entraînant des hommes luttant entre la vie et la mort, des chevaux et des attirails de guerre.»

10 **Les faucheurs polonais auraient pu l'arrêter.**

Cette hyperbole a été récemment renouvelée par Nicolas au camp de Wznjesiensko le 5 septembre passé, lorsque, saisi d'orgueil à la vue de quarante mille hommes de cavalerie russe, il défia le ciel même de pouvoir les écraser en tombant. Mais devons-nous l'accuser de plagiat si, dès le mois de mars, M. Clericetti, dans son ouvrage de *Francia, Polonia e Italia*, a dit en parlant de la Pologne.

> «Ore le corse giostre in di festosi?
> Ore i tornei regali? Ore le trombe
> Concitandi alla pugna in suon marziale?
> Ore gli usseri son, delle cui lance
> Fatto avrien puntello al ciel cadente?
> Tutto passò, mori! tutto è silente!»

Et le Tzar ne se contenterait-il pas d'escamoter *seulement* les patrimoines des réfugiés, serait-il envieux de leur gloire?

11 **Reprenaient tour-à-tour et donnaient le royaume.**

Praga fut jadis le champ d'élection pour la noblesse des provinces lithuaniennes, comme Wola le fut pour la noblesse de la Grande et de

la Petite-Pologne, *voyez* Swiencki, tôme I, page 278. Henri de Va,
lois et Auguste III furent elus sur les champs de Praga, près Kamien

[12] Emportés sur les dards des drapeaux triomphants.

« Mais ces horreurs, continue l'auteur du manuscrit, n'étaient que
douceur et clémence en comparaison de ce qui se passait dans les
rues de Praga. Le Russe, gorgé d'eau-de-vie, avait perdu tout senti
ment d'humanité. Le soldat se précipitait dans les lieux les plus se-
crets, arrachait violemment ceux qui avaient cherché un asile dans
les temples du Seigneur, les insultait, pour les immoler ensuite. On
voyait des enfants portés sur des piques, ou, le crâne entr'ouvert,
jetés contre les murailles; des filles deshonorées aux yeux de leurs
mères au désespoir, et tuées d'un même coup; des femmes enceintes
assassinées, et le fœtus déchiré dans leur sein..... La douleur et l'a-
bomination me font tomber la plume des mains....... Les grandes
calamités font saigner le cœur; on peut les sentir et les pleurer,..... les
dépeindre, jamais, etc. »

[13] Et son cœur se noya dans le sang de Praga.

Catherine se préparait à déjeûner avec ses affidés lorsqu'on vint
lui annoncer que ses ordres avaient été si bien remplis par Souwarow.
« Messieurs, je desire, dit elle, que mon déjeûner vous soit aussi
agréable que celui donné par Souwarow le 4 novembre. » Pensée de
hyène exprimée par une Furie.

[14] Les noms de Stanislas et de Targowiça.

L'ambassadeur français Descorches, residant alors à Varsovie, a
dit ces paroles mémorables « Votre roi, en signant l'acte de la Con-
fédération de Targowiça, a signé l'arrêt de mort contre mon pauvre
roi. » En effet, Louis XVI, qui valait bien Stanislas, se trouvait alors
au Temple, et fut décapité le 21 janvier suivant.

[15] Coulèrent à Kaniow au sein de ta maîtresse.

Cette entrevue romanesque eut lieu le 6 mai 1787, sur une ile du
Borysthène ou Dnieper, les *Pacta Conventa* ne permettant pas au roi
de sortir de ses Etats, et sur une terre encore humide du sang de nos
martyrs, épanché par les farouches Gonta et Tymienko.

[16] Ce qu'il faut de terrain pour y placer un trône.

Paroles souvent proférées par le roi.
Les massacres de Praga furent l'antithese des massacres révolution-
naires en France. La France fut sauvée par ses armées; mais ces ébran

lements réveillèrent dans son sein une masse d'énergie qui a prodigieusement contribué à leurs succès, au lieu que les scènes de Praga ont partout jeté l'abattement et le désespoir. La nation et la monarchie en Pologne étaient faites pour s'entre détruire. La monarchie a triomphé quelques instants, grâce au novembriseur Souwarow, pour s'ensevelir ensuite dans une tombe commune avec la nation.

¹⁷ Le spectacle honteux qu'offrit Radoshiça.

Quand le projet sublime de Dombrowski, celui de rejoindre, avec les débris de l'armée, les républicains français combattant alors sur le Rhin, fut déjoué par le roi, qui se refusait à suivre les drapeaux de la nation, le désespoir s'empara de tous les cœurs. Conduites par Gedroyc et Nieslolowski sur les plaines de Radoshiça, exténuées de fatigue au milieu d'une saison rigoureuse, nos troupes furent congédiées. Madalinski ne cessait de leur recommander d'être toujours prêtes au premier signal, et l'insurrection comprimée continua néanmoins son existence occulte et mystérieuse dans les cœurs de tous les patriotes polonais. C'est ainsi que le Rhône traverse le lac sinueux sans altérer la pureté de ses ondes.

¹⁸ Des scènes de Praga répéter la fureur.

La prédiction du vieux Casimir ne s'est que trop réalisée, et le massacre d'Oszmiana, consommé aux yeux de l'Europe civilisée en 1831, après lequel des Kosaks et des Baskirs venaient sur les places de Vilna vendre des boucles d'oreilles et des bagues avec les chairs palpitantes des victimes, ne le cède en rien à celui de Praga. Les massacres, originaires d'Asie, semblent, depuis 1768, s'être acclimatés en Pologne, et son martyrologe serait aussi nombreux, à dater de cette époque, que celui des premières communions chrétiennes. Puisse-t elle aussi féconder de son sang une religion, celle de la liberté, et l'asseoir sur les ruines du monde féodal! Drewitsh surtout, transfuge de l'armée prussienne, fut l'instrument de ces farouches représailles. Les confédérés de Bar qui tombaient entre ses mains eurent les mains coupées, et jusqu'à la fin du siècle dernier on vit une centaine de ces guerriers ainsi mutilés demandant l'aumône dans les rues de Varsovie. D'autres fois il leur faisait extraire les entrailles et les clouant contre un arbre, il les faisait courir à l'entour en les poursuivant à coups de fouet. Un rire spasmodique s'emparait de ces victimes, rire affreux, qui ne se terminait qu'avec la vie. Le roi venait de préparer une décoration pour ce monstre, lorsque Chreptowicz, lui même d'un patriotisme très équivoque, vint lui rapporter les siennes, en lui prévenant que toute la noblesse ferait de même s'il ne renonçait à son dessein. Sekuli, autre Hiéroclès prussien, imitait ces ravages dans la Grande-Pologne. A Human, des patriotes furent brûlés à petit feu par les Cosaques insurgés par la Tzarine. Si la liberté des peuples doit être le prix de leurs sacrifices et de leurs combats, s'il faut traverser un fleuve de sang avant de saisir cet idéal de bonheur qui se dérobe sans cesse à nos efforts, quel peuple en fut jamais plus digne que la nation polonaise, arbre sublime qui s'immortalise sous le fer, et qui renaît de ses cendres lorsque la foudre l'a frappé!

[15] Praga vient de mourir. — La Pologne est sauvée!

La bataille de Grochow, par ses heureux résultats, vint justifier la nuit du 29 novembre; elle en fut, pour ainsi dire, le complément. En effet, quoique le succès en ait été si long temps disputé, elle nous a démontré la possibilité de vaincre : Diebitsh était entravé dès le début de la campagne; l'auréole dont la guerre de Turquie avait environné sa tête chauve s'était évanouie avec sa réputation d'invincible, et pour le moment on pouvait dire avec raison que la Pologne était sauvée. Le tout était de continuer une œuvre aussi glorieusement commencée.

[20] Oh! ne l'éveillez pas! priez les Cieux!..... Il dort.

Et bien d'autres encore auraient voulu l'imiter, heureux si le sommeil les eût empêchés de voir les inepties de nos diplomates et les désastres de la nation, s'ils ne devaient se réveiller qu'aux acclamations de liberté pour la Pologne, et si le premier cri qui viendrait les frapper devait être : « *Aux armes!* »